徜徉桃花湾

赵彸生　总策划
蒋育亮　主编
黄宝生　副主编
刘澍萌　著

魅力桃花湾丛书

GUANGXI NORMAL UNIVERSITY PRESS
广西师范大学出版社
·桂林·

图书在版编目（CIP）数据

徜徉桃花湾 / 刘澍萌著. —桂林：广西师范大学出版社，2014.3
（魅力桃花湾丛书 / 蒋育亮主编）
ISBN 978-7-5495-5177-4

Ⅰ. ①徜… Ⅱ. ①刘… Ⅲ. ①散文集－中国－当代 Ⅳ. ①I267

中国版本图书馆 CIP 数据核字（2014）第 044699 号

广西师范大学出版社出版发行
（广西桂林市中华路 22 号　邮政编码：541001
网址：http://www.bbtpress.com）
出版人：何林夏
全国新华书店经销
桂林广大印务有限责任公司印刷
（广西桂林市临桂县金山路 168 号　邮政编码：541100）
开本：787 mm × 1 092 mm　1/32
印张：3.625　　字数：66 千字
2014 年 3 月第 1 版　　2014 年 3 月第 1 次印刷
定价：28.00 元

自治区党委书记彭清华在鲁家视察期间品尝鲁家传统美食豆腐花　周波 摄

2013年6月15日下午，自治区主席陈武（前中）在鲁家村视察　唐顺生 摄

开村一刻　汤志宏 摄

美丽新家园　文绍军 摄

总　序

赵锐生　蒋育亮

桃花江，漓江的姊妹河。

她，没有大家闺秀的漓江雍容华贵，更没有漓江因“山水甲天下”而声名远播。她，宛若一位低眉娇羞的邻家少女，“养在深闺人未识”。

桃花江，发源于灵川县青狮潭镇山上村委上古坪村的“磨石涔”，全长61公里。上游由磨石涔到临桂庙岭道光村，叫潦塘河，长约36公里。自道光村到桂林入漓江的下游段，则叫桃花江，长25公里。桃花江从灵川定江镇的莲塘村委进入秀峰区演波村，自南向北，又折北向南，形成大回环状，构成一个巨大的“几”字，最后在宁远河归入漓江。故桃花江在秀峰段，又叫桃花湾。

桃花江，原名“阳江”，后因江的上源有“华岩洞”，常有桃花从洞中漂出，故又名“桃花江”。明末文人邝露在桂林期间所著《赤雅》的卷中“华岩洞”条目中这样记载：“华岩洞，在灵川西南二十里，高数仞，显敞寡俦，香泉萦绕。世传常有桃花片，阔寸许，从洞中流出。壁上仙人诗，云：‘岩前流水无人渡，洞口碧桃花正开。东望蓬莱三万里，等闲归去等闲来。’”足见，桃花江自古充满神奇和浪漫。

桃花江畔旧时遍植桃花，阳光下映照一江绮丽。江上泛舟，河道迂回曲折，素有“九曲十八弯”之誉。进入桃花湾，两岸愈加峰回路转、阡陌似锦，好一派都市城郊的“世外桃源”。宋人张栻在《仲春过阳亭》的诗里这样写道：“亭古危临岸，林幽巧近城。烟容随雨住，花片着溪清。春事已如许，客怀谁与倾？亭前两好树，满意欲敷荣。”

在桃花湾，江流平缓，清幽恬静，自古倾倒无数文人墨客。

明清时期，江上画舫彩舟来往穿梭，盛极一时。明代诗人俞安期的《泛舟阳江》中写道：“放舸遵阳水，牵江上石梁。气冲微雨白，影入众山苍。雁急弦移柱，龙闲笛卧床。还歌彩菱曲，月出下回塘。”其中生动地描述了在桃花湾放棹观景的感受，也说明了明代桃花江已经成为放棹游览的胜地。清光绪十七年(1891)，桂林画家兼诗人朱树德发现了桃花江秋月当空美丽的梦幻夜色，不胜感叹：“秋夜，月明江流，照澈大桥，闲步一望，秋光如昼，月色皎洁，波影澄清，兼之漓山特起水滨，若瞻蓬岛。极目风景，爽气扑人眉宇之间。”于是，他诗兴大发，无比感怀地赋诗一首：“阳江城南绕，涟漪空翠浮。扁舟隔林浦，把钓当清流。蟾影一江澈，波光射危楼。澜回水月洞，澄涵古今秋。”诗的名字叫《阳江秋月》。从此，“桂林新八景”中收录了一处叫做“阳江秋月”的美景。

桃花湾，不仅风光旖旎，而且人杰地灵。

江畔的桥头村，唐朝曾诞生了广西第一位状元赵观文，在当时的“南蛮之地”名震中华。民国时期，芦笛岩下的庙门前村又出了一名大画家——阳太阳，他是漓江画派的领军人物，还获得了广西壮族自治区人民政府授予的“人民艺术家”称号。桃花湾的山峦，奇峰林立，让明代旅行家徐霞客流连忘返。甲山脚下的桃江河畔，是桂系的活动场所之一，曾建有诸多别墅，迄今仍保留着新桂系首领李宗仁的公馆。新中国成立后，中南局第一书记陶铸来桂调研，也曾寓居于此。

桃花湾流域的人民，为丰富多彩的桂林文化贡献了自己的聪明才智。桃花湾的敦睦村，是桂林米粉的发祥地。张家里的傩文化，是桂林傩舞、傩戏的“活化石”，宋徽宗时期即以八百变一副面具在皇宫技惊四座，如今仍保留着三十六神七十二相一百一十四首堪称天籁的傩乐。

桃花湾，所展现的历史文化极为珍贵、底蕴深厚，是桂林历史文化乃至岭南历史文化的瑰宝。桃花湾里的核心景区，有蜚声海内外的国宾洞——芦笛岩。芦笛岩洞深240米，游程500米，洞内有大量奇异多姿、玲珑剔透的石笋、石乳、石柱、石幔、石花，琳琅满目，组成狮岭朝霞、红罗宝帐、盘龙宝塔、原始森林、水晶宫、花果山等景观，游客目不暇接，如同仙境，被誉为“大自然的艺术之宫”，曾经先后接待了邓小平、李鹏、朱镕基、李瑞环等党和国家领导人。美国前总统尼克松、卡特，联合国前秘书长德奎利亚尔等80多个国家元首和政府首脑也曾前来参观游览。

美丽桃花湾，是大自然的慷慨馈赠，是桂林历史文化的丰厚遗产。

开发桃花江、建设桃花湾，加快建设桂林国际旅游胜地既是广大游客的热切祈盼，也是秀峰区人民和秀峰区政府一项紧迫的任务。2010年，秀峰区委、区政府决定以鲁家村建设为切入点，规划桃花湾、开发桃花湾，全面启动桃花江旅游度假区建设。在市委、市政府的领导下，在有关部门的通力支持下，仅仅三年时间，就将鲁家村拆旧重建，打造成为“广西特色旅游名村”。以鲁家村为龙头，又带动了庙门前、张家、合家等周边六个自然村改造建设。可以期待，不久的将来，桃花湾将成为桂林建设国际旅游胜地的靓丽名片。

为了帮助广大游客了解桂林、了解桃花江、关注桃花湾，我们特编辑出版《魅力桃花湾》丛书，力图从桃花湾的历史传说、风土人情、名人掌故、文化遗产和旅游资源进行深入挖掘，全方位地展示独具魅力的桃花湾，以飨读者。

是为序。

2013年11月30日

序

桃花江，桂林两江四湖的主体水系构成之一。它既是漓江的支流，也是漓江的姐妹。

假如把漓江比喻为亭亭玉立的大家闺秀的话，那么，桃花江便是婀娜多姿的小家碧玉。

漓江，早已闻名世界，誉满环宇。而桃花江则长时间“养在深闺无人识”。20世纪三四十年代，曾有一首《桃花江是美人窝》的流行歌曲，虽不是唱它的，但现实版的桃花江与歌曲所唱的桃花江，确有异曲同工之妙。只不过把歌名稍改为《桃花江是美景地》便可。

桃花江与漓江一西一东，把桂林塑造成一座“千峰环野立，一水抱城流”的南国水城。小城因两江和环城四湖的开发和传承，更具有了一种国色天香，别处无法替代的瑰丽色彩。

尤其是芦笛岩到西山公园一段的桃花江，由北向南，再拐向东面，形成了一段十分优美的曲线。这一段，被人们美称为“桃花湾”。

江畔的两岸和四周，风光旖旎，山川秀丽，诸多的景点景区星罗棋布，形成了特有的桃花湾大景区。

这是一个人们不能不去的地方——

醉美桃江　李耀光 摄

目 录

桃花湾之晨

（一）

一支G调的小夜曲，谱写在丛山之间，绕梁千年，余音不绝。

一杯香味浓烈的陈酿，醉了蓝天，醉了云彩，醉了青峰，醉了夕阳。

青一阵，白一阵，红一阵，黄一阵的，是醉得眼神迷离、脚步踉跄的无边原野。

一切，都在缓缓的碧透之中颤动。

哦，落红无情，流水有意的桃花湾！

在你身边，醒不来的总是梦，而现实之中的梦总会有醒来的时候。

我在这似醒非醒中神游，永远无法知道此时此刻情体相依，而又相视无言的碧水与绿岸，究竟是夜极不情愿的延伸，还是梦的乐章刚刚奏响它羞涩而艰辛的第一个音符？

桃江晨渔　刘航建 摄

（二）

还记得那艘小船么？

那只在你绿盈的历史和身躯里游弋，寻觅、探索、捕捞过无数秘密，却始终无法破译你发给未来密码的那艘小船，此刻，正静静地躺在孕育过你的河滩，只有那岁月的呼吸，仍然雕刻在你那明亮的脸上。

谁能想得到呢？

温温柔柔的你，竟将那粗犷、伟岸、雄浑的，有着结实肌肤的，手挽手、肩并肩，雄赳赳的岸影，颠簸粉碎在你那万种风情的明眸里。

人们十分崇敬的那一轮彤红的希冀，那创造过许多灵感和激情的早晨和黄昏，早因为你而破碎了多少回，于是在你的记忆里，便有了红缎一般的辉煌！

这是何等动人心弦的时刻！

（三）

再广袤的原野也无法遏止你的倾诉了，尽管你自古以来就有自己的蜿蜒曲折。

然而，你从来就没有走出过我的心。

我的心，是茫茫无垠的荒原。

哪怕你曾狠狠地切割过我的庄严，我的冷峻，我的碧绿，以及我深藏得太久、早已坚硬无比的企盼。

小船，解体了你钉在码头上的句号，却无法省略那染上万缕金光的日子。

你的岁月当然不是梦的集合。

而没有梦的时光，却只是一条无水的河床。

我不愿意嘲弄干涸以显示自己的身价，宁可在如水的梦中沉溺。

只有如你一样无冬的心灵，才会有如此醉人的芬芳和香郁。

而望你一眼就移目举足之人，当然只会认为你只是一枝没有花蕾的山野小丫。

（四）

雾霭，蹑手蹑脚地走出夜的门，弹响了朝霞的第一缕弦线。

码头上已开过船，却无法渡过你那深沉而多情的期待。

小洲之上，一只野鸭匆匆地飞过清晨——在你我相约的句子中，并没有这个停顿。

为什么，在清晨萋萋的芳草里，还匿藏两枚带着体温、光洁玉白的惋惜？

——它们会孵出一对鸳鸯么？

也许，那个原本属于你和我的梦，早已在这里弄湿了双翅，沉入了这红亮的黎明。

我想抓住与你擦肩而过的晨风，重新编织一个崭新的灵魂。我可以不再依旧，而你，依然是浓浓的陈酿，让所有的相视不能不醉去……

醉美桃江　邓爱华 摄

鲁家村一日

鲁家村，这是一个小城里许多人并不陌生的地方。

说她是桃花湾畔的一颗明珠，好像有点落入俗套。

说她像一幅中国式的水粉画，似乎又有些无法表达她全部的内涵。

村后的山，似刚立的小伙玉润而硬朗；庄前的水，像初妆的少女明媚而清亮。

香甜浓郁的鲜豆汁和美味可口的焖鱼块，让人们记住了这个耳熟能详的名字和她那一头竹茂林荫的青翠。

所有的感觉在这里都是安宁而温馨的。这是一个几乎完全没有冬季的村落。

其实许多时候，我们自认为熟悉的，往往并不了解。这个冠以鲁姓的村子，却没有一户姓鲁的人家。

小桥流水，白云蓝天，曲径小道，楼台翘檐，是小村最朴素、最真实、最自然、最舒心的面容。

然而，在晨光和夕照的关注下，小村却更加多姿多彩、婀娜丰韵。

歌圩巡游　陈木养 摄

走过这里的任何一双明眸，哪怕是无意中多看了她一眼，便无法再从其中移开——

一种走近她，贴住她，拥抱她，任她那带着发际清香的每一个时辰在自己怀中久久不要离去的冲动，在心灵深处悄悄地涌起……

对于年轻的渴望，她如初恋般清纯；对于成熟的思绪，她似朋友般热烈；对于斑白的期待，她又像晚辈的问候——

没有一个来访者会轻易转身离开，因为你面对的是一种毫无芥蒂、毫无保留、毫无掩饰的真诚。

清晨，鸟语在阳光染红的绿丛里跃动，早霞和着音律在每一片枝叶上写着抑扬顿挫的乐章，在众多的婉转之中，拉开了鲁家村一天的序幕。

河水悄悄地松开了昨夜的欢闹，轻轻地抹净夜色留下的残痕，开心地把一片金黄揽入自己的怀中，波光闪动着小村的倒影，那是一种欢乐爱抚的感觉。

此时的鲁家村就是一幅水墨画，在桃花江的挥毫之下，演绎着一个现代版的《清明上河图》。唯一不同之处，是那来访的西装短裙替代了羽扇纶巾罢了。

鲁家广场　林京学 摄

随着日轮在翘檐上徐徐移动，安静的小村开始忙碌和热闹起来。阳光洒下的热情接通了每一户对外的赤诚，昔日因田间劳作而成古铜色的脸盘上写满了欢迎。当年那一双双“锄禾日当午”的粗壮大手，现在则在厚实的砧板上和炉火正旺的铁锅旁得心应手地展示着刚学的厨艺。

倒进海碗和大盘中的，也许是唐太宗喝过的圣汤，康熙爷尝过的佳肴。

当然，小村自20世纪80年代创造出来的传统菜品是必不可少的。那香，那甜，把许多垂涎的馋虫从闹市的各个角落勾来，汇集在流水清风的风雨桥上，再四处流入各家各户敞开的门厅之中。

青石的小巷幽静而整洁，餐幡酒旗不停地拍打着日光，仿佛催促它赶紧西移，让小村的缕缕炊烟书写那一桌桌美食的快意，一盏盏佳酿的甜蜜。

此时，整个村落四处都弥漫着香甜，每个人的头顶、发际、双肩乃至全身，几乎都在这香甜中浸泡着。闻香下车，许多靓车不由得停下脚步，加入到这品尝美味的行列中来。

也许是趁主家不备偷尝了桌上刚开了盖的杜康，原本趴在阳伞上一本正经的阳光，竟也踉踉跄跄一脚跌下伞盖，在街边的灌木上红着脸偷乐，在巷旁的清流里摇头摆尾地扭动。

向来十分忠于职守的一只只良犬，此时也不停地喷着响鼻东张西望，很有些心不在焉、魂不守舍的样子。

连一向方向感灵敏的蜜蜂们也搞错了目标，在大海碗的边沿，停成了一个向日葵的模样——

小村最诱人的时刻，在菜馆酒肆老板们的吆喝声中，揭开了她那美丽的头巾。

小村是慷慨的，不会让希望和期待空着行囊离开这里。

举杯同庆，美好的生活在小村翻开了更新、更乐的一页。

脚步欲提，心，却依旧扯着同醉的桌椅久久不舍得放手。

老天爷似乎很理解小村人的心思。夕阳刚刚把满天的彩云披在西边群峰的肩上，耐不住性子的月儿便从村东头的水面上露出一脸略带羞涩的面孔，在水中悄悄地瞅着河畔那一对越挨越近的身影。

月儿有点不乐意了，怎么岸上也有一个十五呀？

一阵急促的锣鼓声从村中心的戏台前响起，惊皱了水中的月影，却没能分开河畔那对紧拥的身影。他们正借用小村的温暖和包容，续写着人世间的花好月圆。

婉转动听的小调一曲曲从广场扬起，沿着街巷向四周流动，和着人们的笑声、掌声、欢呼声充盈着每一个角落。

村旁的桃花湾也被逗得开怀不已，每一波流水浪花，都拥着月光起舞，伴着银色的旋律，把全村毫不掩饰的欢乐，一路带到远方。

早就忍不住笑脸的街灯一齐捧腹大乐，把那渐渐拉开的夜幕，刹那变成了一个喜庆的元宵。

光明和欢乐将在这里一齐灿烂，心底眼前，压根儿藏不住黑暗的阴影！

连老成持重的石舫也忍俊不禁，让波光闪闪的涟漪，不停地嬉弄它的身影，乐不可支地晃动着它那硕大的脑门。

终于，一天的热情和欢闹疲乏下来。而意犹未尽的思潮仍在街巷溜达，极不情愿地慢慢关上酒店旅馆的门和窗。

谁也不完全知道每一颗心此刻的感觉。但我却清楚，枕着欢乐和香甜入睡，一定会有好梦！

假如有谁不相信，请到鲁家村来。

不收门票哦！

阳江秋月夜

阳江，是小城老一代人对桃花江的别称。

桂林老八景之一的“阳江秋月”便是在这桃花湾的朦胧中给人一种诗意的境界。

中秋十五，或漫步桃花湾，或席地于草茵之上，欣赏秋月的阳江，是一种超值的享受。

风雨桥夜景　何川　摄

沿江的乡人们，虽然不是什么文学巨匠，不是什么画家诗人，但对桃花湾月下的清爽和美丽，他们是深有感受的。

在屋角的月影之下，摆上一方小桌，把几许青酒红饼绿糖搁于小桌之上，更有多事者，再卤上两斤鸡腿鸭翅，那月光和江水，便都沾满了香甜和醉意。

也有城中来者，或三五一群，七八一伙，九十一堆，摆果饼酒肴于报纸餐布之上，席腿就膝于绿草如茵的柔草之中，任明月高挂、杨柳低垂、银波拍岸、金樽涌醇。

于清风低吟之中听塞外凉曲中原大风，品丝竹管弦若歌若泣、横笛竖琴如醉如痴，何等惬意！

即便是天涯孤旅，一人独酌，也可“举杯邀明月，对影成三人”。在凉意之中饮出一番豪放，赏出几丝乡情来。

秋月十分明朗，从东面的山岩后徐徐露出皎洁的玉面，一江清波顿时洒满银辉，所有的涟漪都绽出一溜溜闪烁的花朵。不时将两岸的山廓树影倒映在河面之上，使沿途的村庄屋群如演皮影戏一般渐渐清晰起来。

水与月，自古便有不解之缘。水仿佛是月的灵魂，没有了水的照映和烘托，月儿便缺少了妩媚，缺少了鲜活；没有水面打扮浸润的月夜，那几乎就是一张枯黄干涸的地形图而已。而水与夜，假如没有月儿的描绘，那更只是一团濡开的墨汁，毫无美感可言。

暮色桃江鸬鹚欢　刘伟 摄

人们垂青圆月，很大程度上是欣赏她那水中的韵律，水中的风度，水中的身姿。

许多时候，明明知道水中的月儿只是一种映像，却格外钟情，难以割舍。

由此可见，假的东西有时也会极美，比真实的事物更具诱惑力，更加令人神往。但是，它必须是以真实为基础的。

与友人从小村寻来一叶扁舟，沿着江面徐徐前行，那月夜，便又有了新的感觉——

天上的月儿跟着竹篙船桨向前，不时在东岸的山影树荫间时隐时现，江面也如放电影一般，不时显现出意料之外的情节。

小鱼不时从船舷两边跃起，在水面溅出一个个瞬间的圆月；树冠如智者，一头青丝如伞状罩住树下偶尔的甜蜜，偶有一两声悄声细语从遮掩处滑入水中，又被迅速赶来的晚风拾起；更有勇敢者将两个人的世界故意搁浅在野蓼仍葳的水湾里，将两个半圆的热切在下巴上铸成一个紧拥的美丽。

我们的桨不敢再吭声，生怕惊碎了这一轮人间的圆月。难怪此时天上的月儿也“犹抱琵琶半遮面”，扯来一片云彩挡住了自己的羞涩。

其实，今日来欣赏阳江秋月的人们，谁的心中没有一轮属于自己的明月呢？

月儿似乎也有些累了，趴在桨上依着船舷不住地喘息颤抖，玉一般的身段沿着河岸崖边长长的青草滑落下来，创造出一种“疏影横斜水清浅，暗香浮动月黄昏”的诗境来。

江中江边几乎所有的视线都停止了走动，静静地欣赏着这眼前的明媚与娇艳，将心灵捧在手中任月光洗濯，无忌地诉说自己的人生。

这阳江之月，便赏出了一种超自然的境界。

心中有这样一轮阳江之月，胸中便拥有了一片如洗的碧空。这样的空间，便是人生最宝贵的财富了。

小船，拉着月的衣襟，在水中熨出长长的银尾，思绪织着月光，奏出一支悠然的清曲——

“让我们荡起双桨，小船儿推开波浪……”

嗓音已不年少，茂情仍在总角。

波光在江面上闪烁，像一群顽皮的星星，被月光引沸的心潮终于澎湃起来，从船沿流进江湾，铺满了月夜……

夜宿水秀楼

新民谣云：“桃江美地鲁家村，美地明珠水秀楼。”

青瓦白墙，石巷翘檐，明清风范的鲁家村着实美轮美奂，活生生的一幅横截面的《清明上河图》。

而水秀楼在其中则别具一格，更令人刮目相看，印象深刻。

大叶榕小蕉花掩映着围栏的院落，清新别致，幽静安然。一池晶莹清澈的方形泳波，在阳伞和藤椅木榻的陪伴之下，将略有些西式风格的楼面，轻轻地荡漾在自己刚拥有玉体的怀中，温馨而浪漫。

由于设计者的精巧构思，颇有些欧化的水秀楼与四周中式的楼群相得益彰，十分和谐地融合在同一幅画卷之中，完全没有另类的感觉。只是觉得一群小家碧玉的秀美之中，多了一位大家闺秀的妩媚而已。

门前一溜儿的休闲椅上，几位来访者正在悠然自得地品尝着店里无偿提供的咖啡与点心，夕阳映出一脸的惬意与满足。见有客人新到，举起手中的杯盏微微颔首，算是招呼和问候了。

鲁家之夜　李文坤 摄

接待厅不算太阔，休息用餐的桌椅有序而整洁，虽然设施不少，却完全没有拥挤的感觉。

总台的接待经理温婉而有礼，漂亮不失端庄，详细、耐心、认真地介绍一切。妻很认真地倾听，而我的目光却被台后墙上一大群“鸟儿”吸引——那是一群在中国最常见最普通的麻雀，十分有序又十分随意地散落在服务人员的身后，生动、欢跃而又安宁。这以假乱真的立体雕塑，让整个大厅立刻充满了大自然的气息。

未入门楣之前，尚不理解酒店为何名为“水秀”。只以为门外那一湾桃江，或一池绿水，因而称为“水秀”罢。想想酒店傍水含池，取名“水秀”倒也十分贴切。

走入店内，只见墙面柱上，过道门扉，桌边椅靠，各种荷莲盛开，各类鱼虾畅游。造型优雅，栩栩如生；还有牧童口含竹笛，骑着水牛淌池戏湖，曲调悠扬，将身后水痕犁开，将每一位来访者的所见所闻紧紧握住。“水秀”的含义则更为丰满了。

店内十分安静，造型古朴，如瓜似果的灯具亮着柔柔的红光，无声地铺在软软的地毯之上，丝毫也不张扬。脚步随台阶拾级而上，几乎只能听到自己的呼吸声。

房间之间虽有门楣可以相望，却并不相扰。“客人就是上帝”、“一切为客人着想”的服务理念，在最初设计房间格局时便坚定地作为宗旨和指南来实行。

整个酒店房间不多，满打满算也就20间，它们分布在四栋相互关联而又各自独立的三层小别墅之中。房间的摆设和家具中西合璧，因客人的不同需求而风格与大小各异。但舒适、温馨、自然、美观、方便的基本原则却是一致的。

妻用房卡刷开住处，这是一个“复式”的楼中楼住房，进门便是客厅，相连着两个阳台，推开相通的落地窗，一个阳台正对门外江流，可两人相对而坐，一边品着清茶咖啡，一边欣赏屋外的月光流水、山岚树影。

还未待我冲好咖啡（这些房间里皆备有），妻已兴冲冲地推开了另一处更大的阳台落地窗，那里摆着一圆椅，一圆几，一张贵妃床。只见她十分惬意地侧躺在别致的贵妃榻之上，任屋内的灯光与楼外的月光一齐洒进来，如薄翼一般轻轻盖在她微眯双眸的曲线和婀娜之上，颇有点“贵妃醉酒”的味儿。虽然我无福客串李隆基的角色，但也把这悠远的历史和传说，在脑子里如电影般过了一遍，让白居易老先生的《长恨歌》中那最甜蜜的一段回忆在这里重演。

客房内设施极为方便，仅洗漱之处便有三间，漂亮而圆润的大浴缸连着外阳台，一打开水龙头，那满天的星光便流入其中，在池中闪烁着舒适与安然。

“水秀楼”精妙之处，真是无处不在。

水秀楼　刘澍萌 摄

本来在此周末渡假，只想去掉五天来的劳碌，好好地放松一番。不料神经却不经意地兴奋起来，双眼在房内屋外四处打量，许多意想不到的发现和着惊讶一齐扬起，好在房间隔音效果极佳，不然，会有相邻之客敲门责问了。

兴奋与激动终于安静下来，坐在阳台上，屋外美景与杯中美味一齐浸入心田。

夜，在此刻成了一道“满汉全席”，让所有的感觉尽情享用。

不远处的花栏中，许多不知名的昆虫在弹奏着小夜曲，清脆而婉转。我们在水秀楼的梦，就这样在愉悦的曲调声中，开始了美妙的行程……

楼外的月光，分外明媚。

登青秀山

南宁有座青秀山，很多人知道。

桂林也有座青秀山，知道的人就不多了。

桂林的青秀山曾被人们称为“小青秀山”，这种称谓就山的体积而言，其实并不准确。

桂林的青秀山与刘三姐大观园东侧相邻，仅隔一条去芦笛岩的马路，与桃花湾相望。青秀山山体与西山群峰连为一体，其体积恐怕要比南宁青秀山大了许多。

它们的区别在于南宁青秀山多为土质，而桂林青秀山则为石灰岩。

与南宁青秀山过多的人工痕迹相比，桂林青秀山则完全是“清水出芙蓉，天然去雕饰”，从诞生那天起，除了大自然的用工，就是原本的模样。

青秀山东接西山群峰，傍着隐山西湖，山水相倚，山势多姿，颇具风范；西眺桃花江水，碧波田野，风光无限。

青秀山虽然海拔不高，却依然雄浑刚健，山上巨石堆积，草木茂盛。

青秀山　唐顺生 摄

夏日里的青秀山郁郁葱葱，很少能看到裸露的岩石。这对一座石灰岩组成的山峦来说，是十分难得的。尤其在所有的植被是自然生长的情况之下。

沿着人们踏青探山时踩出的小道自然往山顶而去，路迹顺着山势蜿蜒迂回。虽有几分艰难，却依然走得顺当。无名的灌木小花，时红时黄时紫时白时蓝，不时从腰边、踝旁擦过。许多清香落在衣襟、裤腿间，令人联想起“踏花归来马蹄香”的意境。

头上的青翠不时撩过发际，阵阵松香扑鼻摩耳。小心放慢脚步，静下声来，偶尔会看到两三只黑羽黄毛的绿豆鸟在树丛间上下左右跳跃，不时发出一两声欢快与愉悦的啼鸣。

脚下的草丛中不时会有一两条长得浑圆发亮的四脚蛇，在石缝中隐约穿行，匆忙来去。若是真有眼福，也会看到些许小松鼠，淘气地耸着美丽的大尾巴，在树顶间的丫枝上蹲着，前肢举着野果，两眼忽闪忽闪，津津有味地品尝着安宁和香甜。

虽说已近中秋，但夏日的炎热依旧不减，催熟了不少土生野长的无名小果，一些是我们从小就十分熟悉的，如草莓科的葡萄、黑浆果，都已浆饱皮红，鼓着胖嘟嘟的小圆脸，在地上、石崖处星罗棋布地漫开，摘上一颗放入口中，酸甜相伴，口感颇佳，是登山解渴的好东西。若带了塑料袋儿，那么这青秀山的奉送便可带回家中慢慢享用了。

昨夜时逢一场大雨，不少石坑里还留着一汪汪清澈见底的雨水，映着阳光忽闪着大山的晶莹。谁也弄不懂小鱼如何从山下飞来，竟三三两两地在清水里毫无后顾之忧地玩闹嬉戏，全然不顾若干天后水涸之时的去留。

令人惊奇的还有石坑旁、草丛中，竟然还有许多大雨带来的意外，那些小城人称为“雷公菌”的块块碧玉般的真菌散布其中，这东西如果洗干净了，放上蒜米、辣椒、生姜，再加上少许肉沫炒上一碟，端上桌来，既可口又环保，是经典的绿色食品。

其貌不扬的青秀山，却也是一处百宝箱呢！只要你愿意去打开它，总会有惊喜的。

青秀山虽然个头不高，但登上山顶依然要费一番周折。登上山顶，向东望去，西山公园群峰尽收眼底。桂林主城区错落有致的街道和楼房也历历在目，西湖之水，西峰之亭也尽收眼中。

西望桃花江对岸，千峰环野，一水南去。万亩田畴与新建秀峰新区令人耳目一新，生机勃勃。

登上顶峰之际，正值夕阳西下，只见云层后的阳光如彩带精织，露出万道金光，将一座原本绿茵青翠的青秀山全染成了粉红和金黄，把整个西山群峰也打扮成七彩的世界。桂林八景之一的“西峰夕照”，在青秀山顶观赏是再合适不过的了。

青秀山，桃花湾畔的瑰宝，到这里来，一定会不虚此行。

初探景观园

景观园有一个美丽而响亮的名字：刘三姐。在这个地方，刘三姐这个名字和小城风光山水已经融成了一个整体，两张绚丽的名片，是小城永恒的骄傲，早已被全世界尤其是东南亚一带的芸芸众生所认可。

于是，络绎不绝的追寻者和欣赏者不远万里而来，就是为了一睹刘三姐的风采。

刘三姐景观园就这样顺势而生了。

她背倚甲山的青翠，面对桃花江的碧水，左牵德智桥的雅致，右邻田园山野风光。可谓得天独厚，地位极佳。

景观园自开张以来，车影不断，游人如织，每临春日，江边的桃花灿烂如火，真可谓“人面桃花相映红”。

作为桂林人，不游刘三姐景观园，会是一种遗憾。于是，脚步不请自来，门楣为客而开。

人未进，歌先闻。举目望去，大门右侧湖心一鱼背形小岛之上，身着壮、苗、瑶、侗各民族服饰的七八个姑娘，玉口齐张，明眸共盼，山歌一串一串和着绣球抛上岸来；岸上一群小

刘三姐景观园　唐顺生 摄

伙子如醉如痴。不管是不是文艺范儿，也要凑出几句“嘿溜溜罗”来，还给那水上漂着的“刘三姐”们。若是幸运，接到小刘三姐们抛来的绣球，今晚就可以“梦中娶媳妇”，尽想那好事了。

我辈虽早已过了那冲动的年龄，仍然禁不住立于人群之旁，兴致勃勃地参与其中，用早年在文工团练过的嗓子，也不紧不慢地推出几句来，不想这略带沧桑的歌儿，竟也得到了小妹妹们的青睐，几个绣球径直朝歌声处飞来，砸得小伙子们一阵手忙脚乱，我也眼疾手快地抓住一个怀揣着姑娘温暖的绣球，十分珍惜地挂在胸前，看来，今夜不止一人会失眠了。

离开这笑声歌声，映入眼帘的是一尊刘三姐的半身塑像。

刘三姐是一个传奇人物，也是一位传说中的人物。真正的刘三姐，谁也没有见过，所以，雕塑者只好以电影《刘三姐》中的人物为原型，加上自己的想象，塑造出这一具冰清玉洁的雕像来。

人们看到她的目光，会产生关于历史、文化、音乐、传奇诸方面的联想。真可谓“桃李无言，下自成蹊”。刘三姐在人们心目中的地位、在文化及音乐方面带给我们的影响是不言而喻的。

正当我还在刘三姐塑像前沉思时，突然被一阵鼓声惊醒，举目循鼓声望去，原来是几位小朋友正在一个竹木搭成的长廊中敲打着一排排大小各异的幸运鼓，孩子们也许不懂得什么是幸运或者不幸，但他们都能在景观园里找到欢乐。

这一点，兴许也是建园者的初衷吧！

穿过这一阵阵快乐与调皮的笑声，我信步来到了一座古典风范的建筑前，抬头望去，只见门额一牌匾上写着“莫府”二字。看来，这是莫怀仁莫老爷的府第了。那府中，莫老爷正在两个丫环的搀扶之下，浑身发抖，欲站不能，欲坐不下。兴许

刘三姐雕像　唐顺生 摄

是刚从茶山上被刘三姐一阵抢白、一阵羞辱回来，惊魂未定，恼羞成怒呢。

而立在一旁的管家那干瘦的身子微微下垂，有如霜打过的茄子，但依旧忘不了表现出一副媚态。

我仿佛又看到了电影《刘三姐》的场景和片断，又回忆起茶山抗捐、江边对歌那一幕幕畅快淋漓的画面。给人以欢乐，这是游览刘三姐景观园的最大收获。

一阵掌声和欢笑声从远处的演艺厅溢出，关闭的大门，实在撑不住几百观众和游客的兴奋。

演艺厅里，舞台上的演出续写着刘三姐永不褪色的传奇，红男绿女，笙歌不断，直让我们错把景观园当成世外桃源。

兴许，这里喝的都是桃花江水的缘故吧！

此刻，有孔雀张着双翅从头顶飞过，美丽而优雅。于是，许多与我一样惊讶和好奇的游客从四方围拢过来。

孔雀象征着幸福和吉祥，我们今天的生活何尝不是如此呢？

站在芳莲池畔

芳莲池，一个十分女性而儒雅的称谓。

她与群山为伴，与芦笛岩为邻。

群山常在她怀里撒娇，芦笛岩常用她做镜。

然而，几乎所有的倾慕全都投向她一旁的芦笛美洞，极少有人会注意到她那无声的存在。

芳莲池个头不算太大，满打满算也就万把平方米吧。她的面积太小，在河流湖泊众多的桂地，甚至可以不计算在内。

在来去匆匆的目光和脚步里，很少有为之停留片刻的。

而我，却常常站在这里欣赏她的所有。

这不仅仅是因为年少时，我也曾为她的诞生出过一份绵薄之力。

那是许多年前一些非常平凡的日子，我们也很平常。一些小学四五年级至初中一二年级的同学们，为了“劳其筋骨”，带着父母们用得已经很陈旧的锄头、铁锹、竹筐，在革命的名义之下，在招展的红旗之下，在老师们的鼓动之下，用瘦小的肩膀，扛起了改造大自然的重任。

芳莲池外景　黄宝生 摄

那时，这里曾经是一片藕塘，夏日来临时，荷叶盘盘，荷花红白，十分耐看。我们不知道荷下还有藕，只是觉得这叶这花一时挖了，实在是太可惜了。

劳作之中，常有惊呼声传来，除了某女生从黄鳝水蛇边跳开，更多的是男生们抓住了草鱼鲤鱼，或者是挖出了比自己个头还长的莲藕。

那时，老师班主任是绝对的权威，天天朗朗上口的歌曲《三大纪律八项注意》已在血液中流淌，尽管我们离参军的年龄尚差一大截。但“不拿群众一针一线”、“一切缴获要归公”这些条令式的告诫是知道得不比部队的战士们少的。虽然大家都很想把这些鲜活的美味带回当时物品十分匮乏的家中，以得一饱口福。但没有一个人敢，也没有一个人躲得开许多“大公无私”监督的眼睛。于是，所有的渴望和希冀全部被装上了公社开来的拖拉机上，拉向开始升起炊烟的集体食堂。

可惜的是，那并不是我们就餐的地方。我们的午饭，都是父母把昨日家中特意剩下的饭菜在清晨热好，用竹包盛着，荷叶包着，带到劳动现场，一溜儿地放在当时还可以看得到的田埂之上。吃饭时打开饭包，里面若多出几只或几条大自然馈赠的爬行或蠕动生物，是一点儿也用不着大惊小怪的。

也不知道有多少天，也不知道来了多少次，只知道池子越挖越大，越挖越深。最后我们这些当时尚未发育的小个子们，因为四壁光滑，一个个都是大同学和老师们用肩扛锄拉才上得岸来，上岸后大家相互帮助拍打着浑身的淤泥。

芳莲池西北的山峰脚下，有一个石隙，清澈的山泉从那里不断涌进已经低了许多的大池，那是芳莲池的活力所在。

常来看芳莲池，因为她确实很美——

过去移山挖田创造她，是为了让她与芦笛岩配套，有山有水有洞，才会成为一个完整体系的公园。

芦笛岩虽好，只要去过一次，你就会满足了。但芳莲池看似普通，却真正是魅力无穷，让人心醉。

春日的芳莲池，水面丰盈，岩边的竹林垂柳扬着微风，一

芳莲池霞光　刘航建 摄

群小鱼带着愉快和喜悦，在桃枝的掩映之下，在水草的簇拥之中尽情地嬉戏，一点也不在乎那两三只浅水中闭目养神的白鹭和披着雨具在池边垂钓的老者。

若是遇上风和日丽之时，不少发烧友们带着“长枪短炮”，对着群峰倒影，对着夕阳波光，对着绿柳红桃，一阵猛拍。

芳莲池的芳容就这样从镜头中流向更多的关注。

若有佳偶新成，这里则是他们留下喜气和庆贺的地方，山水相依，长裙西服，在群山丛绿和碧波之前山盟海誓。到哪里去寻找比这里更浪漫的场地呢?

也难怪从这里走出的姑娘都那么水灵，在这里站立的男儿都那么玉树临风。

夏天的芳莲池更是欢乐的海洋，四边的绿茵丛中，早练的人们挥舞着红绸绿扇、白剑金刀在树影下起舞穿行，阵阵乐曲在竹间林中环绕，很有一种仙风道骨的味道。人们常说芦笛岩像仙境，此刻的芳莲池与瑶池相比，又有什么差异呢?

正午之后，天气渐热。虽然公园管理方早已三令五申明文禁止游泳，然相邻村落的顽童们仍旧毫不在意，三五成群地光着小身板，一个个跃入碧水之中，让童年的时光享受到应得的愉快和清凉。

也有善谋的村民在岸边摆开一溜竹筏，静待从岩口流出的客人，撑着彼此的希望出游，以便收获一份他们良久的期盼。

秋风来时，除了略有些清冷之外，芳莲池依旧风采不减。那清亮的水面，纯净而安然，任白云蓝天悠然自得地对着她梳妆打扮。此时，若有一行南行的飞鸟光临，从那镜面上美妙地滑过，会让每一双发现的眼睛都难以抑制内心的激动。

此时的芳莲池，已不再是一池湖水，仿佛已是一位高明的国画大师，不然，那群山上五彩斑斓的红黄绿蓝，怎么能在秋色的催促之下，依旧那么安静地待在这如画的水面之上呢？

此刻，再用“芳莲”来命名这一池清莹已经远远不够了。

芳莲池是没有严冬的。即使真有那么一两丝寒流掠过，也无法减去她春的妩媚、夏的热情、秋的灿烂。

尽管，我曾多次幻想穿上梦幻的溜冰鞋，在她那光洁如镜的湖面上往来纵横，挥洒南方的灵魂对冰雪北国的向往。

芳莲池最美的时辰是每一个早晨和黄昏。太阳醉红的脸在这里用万道金光将湖面织成一幅五彩的缎锦，不时有一两对鸳鸯或野鸭从湖心划过，悄悄地剪裁着巨大的绸布，那种美丽，愈发叫人心动和难忘。

有时，早出的月儿也会凑一凑热闹，在余晖未尽之时探出圆圆的脸庞，轻轻地在水上洗净她玉盘般的脸儿，安详而静谧，和谐而清新。

芳莲池，其实应该是圆形的，因为有她，许多人间的月儿都不会寂寞。

芦笛嵓遐想

一丛芦笛草，在岩石上不经意地伫立，平常而又普通。

就像桃花湾养育滋润的每一处翠与绿。

一座美丽的大自然之宫，就在这芦笛的翠与绿之中，向世界展示她那包含着太多惊喜的秘密。

像一曲雄浑的交响乐，在山谷间奏起；似一幅美妙仙境，在群峰里绘成。

当世人尚未知晓时，你从未有过抱怨，只是默默地等待。因为，是金子总会发光。

当世界惊艳你时，你依然不张扬，仍旧无声奉献，因为实力和内涵，并不需要过多地去炫耀。

没人知道你那蜿蜒和曲折里经历了多少沧桑和磨难，才造就了今天的辉煌和美丽。

外面的世界都在关注着这里，但只有你自己知道，世界的许多，其实早在你心里。

平静、自然、从容而恒定，是你面对纷繁复杂外界的态度；温厚、宽容、博大而丰富是你早在千年万载磨炼中形成的

芦笛岩登山道　黄宝生 摄

品格。

时光，仿佛在这里凝固了，几千年岁月所展示的长度，往往只有几厘米！

于是，有人误认为你是静止的，其实，不断地变化，才有了你五彩的生命。

走进这里，没有酷暑，经过这里，遇不上寒冬。春天，总在这里长伫。尽管如此，许多秋的果实却挂满了你每一个石柱，每一块礁岩，每一处山梁。

许多传说，许多故事，许多奇谈，每时每刻都在这里展示

芦笛岩内景　刘澍萌 摄

着自己的真实。你不是一座普通的溶洞，分明是大千世界浓缩了的久远的岁月和历史。

走过这里，丰富了所有的思想；细阅这里，成熟了许多的心智。

你是一本博大精深的人生大典，打开它，如饮甘美的乳汁，精神会一天天饱满，身心会一天天成长。

假如，只用脚去丈量这几千米的过程，你也许会收获几分惊奇和激动；如果，用心去体察每一点细微，就会挖掘出难以计数的宝藏。

因为，这里不仅仅只有告知与陈述，还有更多的启发和思考，有更多的品格同精神，有更多的思想和境界。

无言的引导，往往胜过大声的说教，无声的榜样常常让心灵悸动。

说这里是仙境，一点也不夸张。因为这里，有一群形态和心灵都如仙女一样美丽的导游。

或许，你看到过她们，或许，你感受过她们，或许，你只是听说过她们。

一样的服装，一样的首饰，一样的语言，一样的笑脸。

在短短几十分钟内，你可能分不清她们谁是张三谁是李四，但她们有一个全体的光荣，一个大家共有的称谓——“全国三八红旗手”。

当她们在潮湿易跌的台阶上挽着你的不安踏过不平的时候，当她们背着病急的客人吃力地向洞口那一线亮光攀登的时候，当她们以风趣的讲解引发阵阵会意微笑的时候，当她们因口干舌燥匆匆喝一口“胖大海”又赶去带班的时候，当她们用并不壮实的双手抬起腿脚不方便的客人的时候……

她们与这仙境一样的岩洞世界，能分得开么？她们与那传说中的仙女们，有什么区别么？

看到她们，接触她们，你就会理解这里所展现的一切！你就会懂得大自然最美丽的艺术宫殿，为什么这么具有无法抗拒的魅力。

山因洞而奇，洞因人而活，人因真而美，美因山而恒。

这山、洞、人美为一体的不平凡，是芦笛岩告诉你和我的人生真谛。

许多时候，游览和观赏创造出欢乐，但我们忘记不了这贮藏和提供欢乐的根源。

芦笛岩，就是如斯。

隐山散记

隐山，有着离小城人们起居生活最近的古老历史。

隐山六洞，是老一辈桂林人对隐山景区的俗称，也是全称。

古时的隐山，犹如一只巨大的神龟，半身浮动在桂林西湖的万亩碧波之上，四周莲叶田田，荷香四溢，青中现红，红里渗白，白处见黄。微风吹过，花海摇曳，有如天上瑶池，在碧莲红黄中显出一股隐者神韵。

隐山之名，由此而来。

隐山也许是桂林所有景区山体中最小最低的山了（七星公园的骆驼山除外），从水面到山顶，也就四五十米高度。年幼时我们沿山脚断崖处的青藤向上攀爬，如灵猴在藤蔓树丫间绕转，大约只需要十来分钟的光景便可出现在山顶的平台上，还可以沿途从凸凹不平的石洼之中，捡回几个上古时代作为海底礁石的山体所带上来的古贝壳化石。围绕山体的青石小路走上一圈，也只需十几二十分钟模样。

隐山之状况，由此而度。

然而，也许是应了“浓缩的都是精华”那一句俚语，小小

隐山曲桥　黄宝生 摄

的隐山，学问大着呢。

从南门进隐山，一石桥小巧玲珑，卧于碧水宁静的石泉成塘之上，塘中水草丰盛，不时有小鱼于水草中摇头摆尾、穿梭往来。隐山六洞，几乎洞洞见水，说整个隐山是浮在水上，或者说是被水抬起来的，一点也不为过。洞泉暗河，是隐山的一大奇观和特色。20世纪五六十年代，住在附近的农民常常在洞中泡上几桶绿豆黄豆，发成豆芽拿到市场上换些油盐米钱。由于水质好，水温低，这里生产的豆芽口感极佳，很受附近居民欢迎。那时，只要说是“蚂拐桥的豆芽”（该村与隐山只隔一

隐山北牖洞　刘澍萌　摄

条湘桂铁路），销路总是最好的。

过了小石拱桥，一条石块铺的便道将脚步引入一祠堂，那里原先是供游人小憩的地方，后来不知何处道观庙宇进驻，在几株高大榕树、桐树掩映之下的屋宇仿佛有了些道骨仙风，时时烛光摇动，四处香烟缭绕——

善男信女双手合十，在殿前炉后殷诚叩拜，也算是隐山一景。过了此处转出山门，便到了隐山最大的洞穴“朝阳洞”了。朝阳洞在隐山山体的五分之一处，因洞口向东，每逢天晴之日，早晨的阳光便投入其中，整个洞穴便辉煌灿烂起来，因而被称为朝阳洞。而当地的群众却不叫它“朝阳洞”，而叫它“老君洞”。这是因为洞的中央有一块高约3米的巨石，由于水蚀风化，成为一老者形状，慈目善眉，长须飘逸，极像传说中的太上老君。

每当光线投入洞中，阳光披在老君身上，那巨石仿佛有了活力，衣衫华丽，两眼有神，如真人一般。每逢初一十五，总有年长者在老君身下点燃几样期盼，放下几盘心愿，以求太上老君散发神力，保佑家人和村落兴旺平安。

老君洞四壁，留下了不少古今文人所遗的书法墨宝，字体内容各具特色，最早的可以追溯到唐宋时期。可见早在一千多年前，隐山已是人们关注的对象和游览的地方了。而这些石刻和雕像，也成了桂林石刻文化的重要组成部分，这也是桂林文化城的重要组成部分。

朝阳洞左下方，也有一暗洞，与其形成上下犄角之势。该洞长而暗，贯穿整个山体东西，有地下暗流从洞中穿过，是探险者们喜欢造访的洞穴之一。

出了朝阳洞，沿着山右侧的石阶小道，只需七八分钟时间便可到达隐山顶上的观景平台。平台贯通山顶东西，东头因山顶乔木太盛而难以远眺，而西端平台却可以一览三个方向之风景。西湖从北向西至南围住隐山，水波荡漾，垂柳依依，九曲石桥由山脚石道接通西山公园草坪，远处的博物馆及苏军烈士墓、纪念碑在万绿丛中隐约可见。湖中小船如玩具一般随意而动，一道道水痕如礼花在湖面绽放，描绘着人们喜逢盛世的好心情。湖中莲叶片片微动，荷花朵朵轻摇，把隐山与整个西山公园连成一个舒适宜人的休闲世界。

据老一辈人说，隐山六洞其实是洞洞相通的。

难怪隐山有如此魅力，虚怀若谷，人文厚重，而又不张扬。

要走桃花湾，先去看隐山。

漫步西山

西山，桂林景区中一块不可多得的瑰宝。

它拥山含水，织草茵而编绿树，景色宜人，四季皆美，是桂林西区居民游览休闲的极好去处。

西湖自然是整个公园最吸引人们眼球和脚步的地方。这里

西山草坪　黄宝生 摄

水面开阔，湿地镶边，香荷莲莲，绿柳依依。不时有五彩的游船在湖中悠然自得地行驶，许多欢乐从小船内溢出，也许是受到感染，波澜不惊的湖水也常常笑容满面。

湖边石堤草坝上，有垂钓者三五一处，甩下绵长而并不急切的希望，在湖光山色中沉静而淡定。仿佛不仅仅是一份钓的企盼，更多的是与西湖倾诉交谈，将许多情感交融于鱼水之中，陶醉和兴奋的，并非是收获的多少。

垂柳之下，绿茵之上，自然少不了年轻人火热和激动地相依相偎。从古至今，这西湖之水不知成就了多少七夕的相思，让梁山伯与祝英台不再化蝶，而绘成了一幅幅花好月圆的彩锦。

许多良辰美景之时，西湖便是一坛极美的佳酿，只要微有接触，便不由自主地醉去——

九曲拱桥蜿蜒其中，玉白的身姿在湖中婀娜而行，一手拉着公园中心宽阔而常溢欢乐的草坪，一手牵着憨实而内秀的隐山。

曲桥的起首之处，一大群锦鲤在近岸游出一片五颜六色，引得孩童们无法再到别处顽皮，年轻的妈妈们终于可以歇下追赶的脚步，在这里把一手裹满香甜的童趣洒向乐得开怀的湖里。

于是，七彩的激动便一次又一次在湖水中涌起，搅得丽阳、搅得白玉一时无法分离。

假如遇到春季假日，湖畔的梅花连片绽开，湖面和草坪都弥漫着挥不去、躲不开、抹一把脸都会满手尽沾的香气。用不着偷偷摸摸，用不着四处寻找，那喜、那乐、那色、那香，就是那么大大方方，那么毫无遮掩，那么坦坦荡荡，那么毫不在乎地立在那里，连成了一片人可徜徉信步、鸟可轻歌曼舞的花海。

高贵并非意味着孤独，群芳更无需自赏。

与西湖的优雅和秀美相比，宽阔的草坪显然要活跃许多。草坪四周的树荫之下，家庭聚会的塑料布上，美味佳肴，香槟甜酒，十分不经意而又有序地摆放。四处坐落的人们，脸上洋溢着惬意与满足。

或许，也会有乐曲从草坪中心传来，时而是合唱者的轻歌，时而是练歌人的漫舞。说西山公园常常盛满欢乐，绝不是一种夸张。

体育爱好者自然是这里的常客，一群如白鹤般轻盈腾挪的练太极的老者，让草坪落下一朵朵祥云，仿佛天空不再在人们的头顶，而是落在了大家的身旁。于是，偌大的草坪便有了“天高任鸟飞”的感觉。

穿过草坪向北登攀，便是西山的主峰。西山主峰由四个山头组成，既连成一体又各自独立。山峰相连之处的怀抱里，早年有一古寺，败落后不再继建。而让位给了在抗日战争中为中

桂林西湖　黄宝生 摄

国抗战不幸牺牲的苏联红军中校巴布什金，那便是西山著名的苏军烈士墓。

每逢清明，少先队员们都会到这里来表达自己的一份感谢和敬意。

而就在我再一次重拾少年时的回忆之际，现任俄罗斯一位女副总理也前来悼念，70年过去了，不会忘记的永远也不会忘记。

西山虽处桂林城西，却是坐北朝南而立。因此，每当晴空万里之日，阳光始终眷顾这里。到西山去看日出日落，是一件十分愉快的事。桂林老八景之一的“西峰夕照”，就是在这里看夕阳晚霞映红西山的时候那种壮美和绚丽，不亲临其境是无法体会到的。

不少人以为西山只有风景，这是人们不了解它。其实，桂林的许多石刻古迹均保存于西山群峰之中，游西山，就是在阅读一本有关桂林的历史书。

博物馆沉思

博物馆注定是一个相对寂寞的处所。

在人们的记忆中，到那里浏览参观的主要是两类人——急于了解历史，掌握过去的学生；想要研究历史，探知过去的学者。

两者都有一个“学”字，其意义则完全不一样。

桂林博物馆与西山公园相邻，或者说就在其中，若不是有一道涂上绿漆的铁栅栏将它们分开的话。

绿色的琉璃瓦配上米白色的墙体，庄重而不失典雅。跟许多博物馆的凝重与粗犷相比，这里更像一处高品质的会所。

仅以外表来论说一个地方，犹如以貌取人一样，往往会陷入一个认知和判断的误区。

博物馆是收藏历史和保鲜岁月的，这一点稍有常识的人都不会否认。

走进博物馆，如果不从这里收获你自己渴望的果实，补齐自己原有的缺失，那将是一件十分遗憾的事。

桂林博物馆对许多人来说，更应该是一处启迪思维、传承

桂林博物馆　黄宝生 摄

桂林熊本馆　黄宝生 摄

历史、了解未来的飞行准备基地。在这里，你知道和了解的，不仅仅只是小城的过去，哪怕它把这里每一个年代都毫无遗漏地挂在灯光明亮、整齐干净的展厅四壁上。

从桂林文化城的介绍中，你懂得了中华民族在抗日战争中那种艰苦卓绝，那种前赴后继，那种不屈不挠，那种理想和现实完美结合在一起的中国精神。

从广西或桂林的著名人物的一言一行中，你知道如何以“修身、齐家、治国、平天下”的目标去锤炼自己的人格、品质、精神，去实现为民族、为百姓、为国家而奋斗的完美人生。

每一个时代的存在，每一件事情的发生，都会有它合理的内核和历史的成因与条件。以史为鉴，不光只接受历史的经验和教训，更多的应该是为以后的每一步前进而准备永不枯竭的精神食粮。

艺术品的收藏自然也是博物馆的主要功能之一，经历了许多风雨而有幸保存下来的精美字画，古老的瓷器、青铜器，前人留下的生活物品，无论从哪一个角度来衡量，都是令人感叹、令人惊诧、令人珍惜的。价值连城只是一种比喻，而许多情况下，它们都是无价之宝。

馆内当然也有许多新锐之作。随着岁月的逝去，它们的价值便越发会体现出来。你会从这些当代作品之中，感受到整个城市脉搏的跳动，感受到这个时代人们的生活品质、精神风貌、思想取向等方方面面的折射和反映。就像我们会从一幅《清明上河图》里知晓宋代中期那种富足、繁荣、安逸，而不完全是我们仅仅从历史书里看到的动乱和战争。它从另一个侧面反映了那一个时代的另一种真实，另一面的历史存在。

现实流经过岁月就成为历史，这是博物馆给人们最深的感受。其实我们在经历现实的每一个时刻，同时也就在创造或者续写着历史。

许多人，包括桂林本地人也许都并不知道桂林博物馆的镇馆之宝为何物。

为了这些镇馆之宝，为了一睹它们的芳容，博物馆是很值得你去光顾的。

也许是我们的先辈特别喜欢这类物品，也许是这类物品在古代的桂林收藏特别多，它们的保存和馆藏，令许多国内外的文物专家和收藏家们都惊叹不已。

在这里，收藏着两百余件从元代到明清、尤其是明朝生产的青花瓷梅瓶。

从本人有限的文物收藏知识来衡量，在一个博物馆内（包括国际、国内各级博物馆）有这么多珍贵梅瓶的收藏，那是绝无仅有的！

它们不仅光鲜亮丽，而且质地绝佳，造型优美。品位之高，数量之多，品种之全，几乎是无与伦比的。它们留给我们的历史价值，用金钱根本无法估算。如果真要用金钱来衡量，十多年前香港的一次拍卖会上，一只元代的青花瓷梅瓶，便拍出了上亿美元的天价。

桂林博物馆，一个能收藏、也确实收藏了珍贵精品的地方。

德智桥远眺

德智桥在哪里？何谓德智桥？

许多年轻一代的桂林人不甚了解，外来的游客就更加茫然了。

在桃花湾的江面上，由北向南再拐向东，一共架有九座桥，德智桥是第四座。

虽然顺序排行第四，它却已有些岁月了。它的年轮，除了文昌桥和南门桥（原名叫善济桥）之外，没有别的桥能与之相比。

它始建于20世纪二三十年代。

德智桥，一个很有内涵和意义的名字。抗战胜利后，又有人称它为“胜利桥”。

现在的德智桥很洋气，双曲拱身，钢筋水泥的桥架，汉白玉的栏杆，造价不菲，更经风雨。

最早的德智桥则完全是木质结构，是由著名的爱国将领、原民国代总统、桂系领军人物李宗仁先生的夫人郭德洁女士出资捐助而修建的。

之所以取名“德智”，恐怕包含有两层意思。一是李宗仁先生号“德邻”，而郭女士名字中也有一个“德”字。同时，

德智中学新校园　黄宝生 摄

取名“德智”，也有“以德服人，聪明智慧”的意思。

此外，现在的德智外国语学校，原先是桂林中学所在地。而桂林中学的前身，则是桂林德智女中。

而这所女中，也是郭德洁女士捐资修建的。

筑桥修路，办学育人，造福乡梓，是当时有些民主思想的官宦人家和富豪绅士的善举。德智桥是与文昌桥、善济桥同一个时代的建筑，打下了那个时代深深的印记。

同样，与德智桥和德智学校同时代的桂林学校还有很多，比如以辛亥革命领导者孙中山先生名字命名的中山中学（现桂

胜利桥　黄宝生 摄

林九中）、逸仙中学（现桂林二中），以国民党元老胡汉民先生名字命名的汉民中学（现桂林一中），以抗袁名将、辛亥革命先驱蔡锷将军名字命名的松坡中学（原桂林六中）。

这些学校与桥梁，有着十分厚重的历史积淀和时代意义。它们独特的名字，让每一个走过这里的人们无法忘怀，回想当年那些人和事，历史，无法人为地去痕。

常常于夕阳月初之际，流连于德智桥上，思绪随江水东去，江面波光闪烁，碧水匆匆，拍打着江心凸起的石块，激起阵阵浪花，两岸茂林修竹，仿佛还隐匿着许多故事——

许多布衣蓝裙、白袜黑鞋，来回走过那木质微软、江水可窥的桥面，奔向甲山脚下那一排排虽不高大华丽，却也整齐洁净的教室。一阵阵《弟子规》《三字经》《女儿经》的朗读声，声声远传，在群山之下、江水之畔回荡。

齐耳的短发和专注的双眸，聚精会神地看着粗布长衫先生的一举一动，许多知识和做人的道理，在每一颗年轻的心中扎下根来，沉稳而平实。

那是一个民族和国家正处于风雨飘摇的年代，也是一段物质十分匮乏的岁月。然而，许多有识之士正是在这样简单而朴素的教室里，立下了为国为民服务的大志。从德智桥上走过，奉献自己，造福民众，倾力国家。

与德智桥齐名的德智中学，正是这一理想的最佳解释。

站在德智桥上，江水从脚下穿过，岁月从桥上流逝。当年的一切波浪，早已随南下的江水到了地球的另一端。

然而，德智桥还在，与它同一个时代的人和事，仍然在人们的记忆里，仍然在笔下的章节中，仍然在馆藏的珍宝上……

每一个时代，每一段岁月，都会有它最具特色的人和事。而德智桥，正是桃花湾最有那个时代特征的东西。走进桃花湾，而不知德智桥，那是一件十分可惜的事。

那个时代，那些人和事，可以随岁月而去，但我们民族的许多传统、精神、品格却是不能丢失的。

每一个不忘历史、心怀壮志、立命为民的中华儿女，面对德智桥，定会有许多感怀。

不然，何以为德智呢?

每当夕阳西下的时候，满天的彩霞将群山和田野打扮得十分绚丽，江水也如彩带将桥身映衬得辉煌灿烂。

对建桥人来说，我们是后人，无法完全体会当时他们的心态和感觉。

但德智桥本身就在向我们传递这样的道理：如果心中装有家乡，装有民众，装有未来，他的心灵，一定是美丽而高贵的。

做这样一个美丽而高贵的人，的确需要德智双全!

太阳的广场

庙门前新民居　黄宝生 摄

对于我们时常见到的、头顶上的那轮太阳，虽然知道不多，却因习以为常，不再去探究。

但如果有人告诉你，桃花湾的一个村子里也有一个太阳，而且日夜不落，你会作何感想？

我们大多属于凡夫俗子，好奇心都是一样的。所以，看一看这人间的太阳，成了我们的心愿之一。

太阳在这里不落，或许是一种幸运。

阳太阳故居　黄宝生 摄

这里春日和煦，夏天热烈，秋季金黄，冬月温暖。

在路人的指引之下，我一步一步走近这轮太阳，也一步一步走近这份神秘、这份好奇。

这里离大自然艺术宫殿芦笛岩很近，也紧挨着风光秀美的芳莲池。看来，太阳落脚的地段非常好。

桃花湾畔，芳莲池旁，一处宽阔的林荫树下，几十位大娘大婶正在抡扇舞巾，在大树之间扭动腰肢，开心得很。

向她们一打听，引来一阵大笑。从她们的口中得知，不是村里多了一轮太阳，而是她们村建了一个“阳太阳广场”。而她们的脚下，正是这个广场的一部分。

所有的疑惑在笑声中解谜。但为一个普通人建一个广场，全中国也不多见。

阳太阳，桂林籍画家、书法家、金石家。一生从事文化艺术创作，蜚声海内外。他于百岁之际辞世，人们称他为“百岁太阳”。

阳太阳广场修建在桃花湾畔一个普通的村庄——秀峰区甲山办事处庙门前村。

先不说广场规模有多大，单是这份创意，这份情感，这份自信，这份留念，都叫人肃然起敬。

“富裕之后更需要精神家园。”创意者如是说。

阳太阳广场的地理位置极佳，它建于庙门前村村前的一块空地上。广场四周和中心是几十棵大香樟树，背靠村庄错落有致的屋群。面对芳莲池一洼碧水，举目望去，光明山在前头，远处有芦笛岩洞口，在葱茏的植被中，隐约可见不同的衣色川流其中。

与山为伴，与水为邻，与洞为伙。在这里，不管是仁者智者，都有自己的可寻之乐，实在是一个有容乃大的观光休闲极好去处。

村民们见我对广场如此有兴趣，便一股脑儿围了上来，七嘴八舌，也不见外。与我聊广场、聊阳太阳、聊他们的生活。

“如今村子干净，房屋整洁，我们和城里人没什么差别啰！”

“城里哪有我们这里好？青山绿水桃花湾，喊你搬走你也不会搬。”

“以前总以为芦笛景区妨碍了我们，现在才晓得，有这个景区，我们的生活方便多了。”

广场虽然很普通，但它却极为温暖和热情。

太阳广场，此名不虚。

或许是村民们的情绪感染了我。我也禁不住在这个因为有阳太阳为之题词的广场上和他们一起扭动了起来。

香樟在我眼前旋转，芳莲池在脚边跳跃，光明山似乎也在不断摆手，惬意之风一阵一阵吹过身旁。

广场真让我有点陶醉。而四周的一切，不也像饮佳酿一般么？

原来，太阳是在人们心中的。

肖家村走马

肖家村，与鲁家村一江之隔。真可谓“君在江之西，我在江之东”。

仿佛是一对恋人，也像是一对孪生姐妹。

假如说两村有什么区别，唯一不同的是鲁家村的演变来自规划的蓝图，大气而漂亮；而肖家村则是村民们自发改造的，扎实而别致。

两个不同版本的村庄隔江而立，各有千秋，各具特色。

其实，早在鲁家村成名之前，肖家村就很有名气了。一是它立于著名的桃花湾畔，二是从市区前往芦笛岩的林荫道，就是从肖家村前过的。

多少寻找的眼神，在尚未到达芦笛岩之前，就有幸欣赏了这里一路的风光了。

这里林荫夹道，碧水相伴而行。尤其是一到春季，路旁和江畔的一行行桃花艳丽妖娆，接阳迎风；初绽的油菜花在村边铺开金黄的地毯，引来无数的蜜蜂和彩蝶翩跹飞舞。一阵阵花香扑进车窗，在每一双明眸中都留下了水彩般的明信片。

肖家村口　黄宝生 摄

肖家村的村民从改革开放之初就开始运作多种经营模式，很快摆脱贫困，提前进入小康。村中的楼房大多建于20世纪八九十年代，那种整幢平直的小楼，在当时是十分时髦的。

肖家村，风景优美，村落整洁，生活富足。

随意走进这个引人注目，但又不一定会在意的村子，会有不少发现和触动。

与鲁家村的热闹相比，肖家村更显得沉稳安宁。

九月桂花提前绽开，村前村后芳香弥漫，肩头担着香味前行，是一件很舒服和愉快的事。

肖家村文化室　黄宝生 摄

村中的街巷平坦而整洁，不时有商店、作坊、修理铺在某个拐角处等候你的到来。多种经营的传统，依旧在各类招牌上诉说着它们值得自豪的历史，同时也支撑着进取心向前行进。

村民家中的摆设虽然还有不少怀旧的情结，但街角巷尾及庭院内歇息着的各种型号的小轿车，却显示出了小村的时尚和富足。

一位旧友曾为小村人士，前些年在外打拼，收获其实颇丰，但仍然为家乡魅力所吸引，回到家中，重操旧业。有知情者相问：放着外面大好机会和前景不顾，回来为何？他答得十分干脆和明朗：生活质量不同。

“生活质量不同”，一语道破了人们对这里的一种品质生活的感受。

与鲁家村一样，这里与桃花湾为伴，江碧林茂、绿水蓝天、竹排渔翁，堪为世外桃源。

无论是春夏秋冬，无论是严寒酷暑，江边的荫绿之处，垂钓者随处可见，江中鱼虾定然不少。然而在这里休闲下钓，人们收获的，绝不仅仅只是竹篓中那些跳动的鲜活。

在这里，有年轻的忙碌，有幼小的欢快，也有白发的愉悦。村中娱乐室传出的阵阵欢笑声告诉人们：小村养老，十分适宜。

村旁，一座大型公益性养老中心正在拔地而起。其规模和设施在全区都将是一流的。

小村的传统，小村的前卫，小村的开放和包容，将在这里展现无余。

村前的林荫道，是通往大自然艺术之宫芦笛岩的公路。

然而，肖家村的生活艺术，也是一流的。

走近三元及第

三元及第，桂林城科举历史文化的见证。

宋代的城墙四四方方地围住一座明朝的藩王府，于是，桂林人便称它为“王城”。

王城的景色随处可见，南天一柱的独秀峰便在其中，一个

“三元及第”城门　黄宝生 摄

大院落，圈住一座山，也圈住了许许多多的过往。

说这里就是桂林发育成长的编年史，丝毫没有夸张的成分。20世纪40年代，抗日战争时的一场大火，烧掉了这里建筑的所有木质结构，唯留下了石刻的基座和石坊。

即使是光复后民国时期的回建，也是桂林城当前最古老的建筑了。

三元及第坊，便是有幸存留下来的古建筑之一。

隋朝以来，正式的科举考试分为乡试、会试、殿试三级。所谓三元及第，即表示在科举考试中，乡试、会试、殿试都取得第一名。三元及第坊，就是为这些人立碑树传的。

三元及第坊以及状元及第坊、榜眼及第坊分别立于王城大门外正中和左右。

置于正中的状元及第石坊以及大石门，称为正阳门，门外有朝南的大街直通杉湖和榕湖，称为正阳街。如今已打造成小城著名的正阳步行街了。那里每日游人如织，灯光灿烂，商贾繁华。

状元及第，矗立于正阳门上，石质雕刻，古朴而厚重。“状元及第”四个大字雄浑有力，骨架坚实，笔锋圆润。不管是书法者还是雕刻者，都显示出非凡的功底和精湛的技艺。一个纪念性的石坊，集历史、文化、书法、工艺为一身，实在是不可多得的。

靖江王府大门　黄宝生 摄

观石坊，便可读出其中许多东西。古人在无意之间，给我们留下了一笔极为宝贵的文化和精神财富。

状元、榜眼石坊分别列于正阳门状元及第左右两侧。朝东一处为东华门，朝西一座为西华门。与两门相对应的街道分别称为东华里和西华里。

三元及第坊所围住的王城前门一带，是桂林最令人迷恋之处。

这里古木参天，浓荫蔽日。来往的人们，或穿正阳门而过，从这里流向市中心的正阳街、中山路、解放路、滨江路等繁华去处，为生活谋事，为前程奔忙，为城市打拼；或在街巷之旁支起三五小摊，摆出五花八门的小商品、纪念品，既宣传了桂林，又丰富了自己；或与三两个老友，摆下楚军汉队，让自己过一回做统帅的瘾，两处厮杀于无声之中，在古老的氛围中复活古时的战场，也不失为一种乐趣。

不管什么人，走进这里，那感觉应该都是紫铜色的。那是一种岁月的沉积，一种文化的暗示，一种历史的传承。

这里给后人留下的，不仅是石刻的三处大石坊，更让我们体会到了古人对知识的尊重、追求和向往，同时，他们也把许多故事留给了后人。

在三元及第坊后的王城景区内，就有一个按旧时的风貌设计和复建的科举考试的“贡院”，也就是那时学子们在十年寒窗苦读之后，再经历万水千山、跋山涉水前往藩王府甚或京城，进行考试的地方。

“书中自有黄金屋，书中自有颜如玉。”这是那时许多用心读书、追求功名的人们的原动力。

当然，其中也不乏文天祥、林则徐、戚继光一类为天下太平，为百姓安宁而努力用功者。

不管石坊给我们留下了什么，它给后人的启迪和激励，是远远大于我们常说的所谓“封建留存”的。

这也是三元及第坊在经历了那么多的战火和磨难，依然还能保存下来的原因之一。

走近三元及第，便走近了中国历史，走近了古代的思想和文化，走近了一种应该传承的精神和品格。

细品独秀峰

“一枝独秀立南天，万马奔腾在周边。”

这是人们形容独秀峰与四周山峦关系的写照。

城在景中，景在城中，山在城中，城在山中。这就是桂林。

但像独秀峰这样立于市中心，而且立于王府院落中的山峰，却是极少有的，就地段而言，也是唯一的。所以，前人才把其取名为“独秀峰”。

独秀峰有许多“独到之处”。首先，它直立于闹市之中，四壁直立，几乎没有可攀爬之处。唯一一条上山之路，是人工从石缝中开凿出来的，窄且陡，行走有一定的难度。但令人惊奇的是，山壁陡峭，且山上无水源，但整座山的植被依然很好，四季葱茏，迎风而长，丝毫没有一点畏难之状，连山顶的几株乔木也绿色不褪，挺拔自如。

山峰虽然体积不大，但整个山体几乎成为一部书法大全。从上自下，有上百幅书法石刻作品。最大的一幅位于东侧山体，几乎占了五分之一的面积，“紫袍金带”几个大字，在几公里外都能看见。而最著名的莫过于王正功那“桂林山水甲天下”的诗句了。

本身并无地下河的独秀峰，却偏偏在山脚下蓄满了一池初月形的清水，长年四季不溢不涸。因形似初月，故人称“月牙池”。

山与池相伴，石与水为邻。一刚一柔，一雄一雌，很有韵味。站在月牙池边，整座独秀峰倒影其中，反过来像一位出浴的美女。所以许多摄影“发烧友”拍独秀峰，并不需要走得太远，只要走到月牙池的东边或者南侧，便可以将整座山体纳于镜头之中。

假如立在山

独秀峰　黄宝生 摄

独秀峰远眺　林文洪 摄

顶边缘往下探望，几乎可以看得到自己的身影。其中的奇妙之处，不亲临其境是无法体会的。

若是遇到月明之夜，那盘玉洁正好经过峰顶的天空，便会形成一池两峰三月的奇妙景观。同样，如遇晴天正午，也会有一池两峰一月两日的美景。

独秀峰的独特，只有仔细观察，才会呈现在眼前。独秀之意，尽在无言之中。

独秀峰身高不到百米，而攀登它却是需要些勇气的。除了山路石阶陡峭狭窄之外，山势直立，如遇大风，常有站不稳的感觉。爬上山顶，因山顶面积不大，若人数太多，便有无处立足的危险。

人言常说“富贵险中求”，而在这里应改成“美景险中求”。

立在独秀峰顶，东可远眺尧山春日杜鹃花海似火，冬季白雪如荼似银；近看伏波一头秀色，形如姐妹，几乎可耳语相言；俯下身来，与漓水江帆交谈，拥波戏浪；北可望叠彩诸峰，山壁似画，游人如云；西可触老人山头巾栩栩，长须撩风；南可看象鼻、穿山戏“斗鸡”，如图似画，风韵十足。

立于独秀峰山顶，你最能体会到什么叫万马奔腾、千军陷阵。四周的群山正围绕着独秀峰，欲动欲脱，大有一声令下，便排山倒海向前冲锋的架势。而独秀峰，则如一位成竹在胸、指挥若定的大将军，正在百万军中，挥旗指剑，度势而击。

不少人喜欢把山水秀丽的桂林比喻为“美丽的少女”，登上独秀峰，你的感觉可能会大为不同。此时的桂林绝对不是女性的，那种坚强、刚烈、伟岸、淡定，犹如北方草原上的套马汉子，勇敢、强悍，胆大而又心细，更具燕赵雄风。

难怪，身处南国的小城桂林，连使用的语言都属于北国之域（桂林话属于北方语系）。

独秀峰虽不大，却有十分开阔的胸襟和壮志，揽日月，观四方，击云天，搏众山。颇有一览众山小的气概！

细品独秀峰，你会有许多原先并不了解的发现。这种发现，并非只限于风光的游览和人文的解读。

万年屹立的独秀峰，会告诉你。

尾　声

写完《徜徉桃花湾》笔者意犹未尽，这里是休闲养生的最佳场所。芦笛岩的瑰丽、芳莲池的优雅、鲁家村的古色、大观园的风情、德智桥的含蓄、青秀山的清新以及西湖的幽香，无不显示着它们独特的个性和内涵。

即使不去细究这些，仅仅只在桃花湾不经意地漫步，那山、那水、那村、那田，就可以令人心旷神怡，犹入瑶池仙境。许多疲惫与烦恼，许多喧嚣与纷杂，统统远远地遁去。

在这里，听江水低吟，看绿柳轻拂，悦小鸟歌唱，闻百花吐香。再多的躁动，也会安静下来，享受着这些大自然无私的馈赠。

心，会如一泓碧水，滤净生活的杂质，走进一种更新更美的境界！

作者于桂林

2013年10月